# やさしい
# けしき

市河紀子　選詩
保手濱拓　絵

理論社

目次

# やさしい　けしき

まど・みちお

あちらには　山
こちらには　海

川が　山のたよりをあつめては
マラソンで
海へ　おくりとどけ

雲が　海のたよりをあつめては
うたにして
山へ　おくりとどけ

天から
日
月
星が
ほほえんで　見おろし

そして　なんおくまん年
とうとうある日　生まれでてきました
かずかぎりない　生きものたちが
笑いさざめきながら…

この　やさしいけしきを
もっと　やさしくするために

# 春

安西冬衛《ふゆえ》

てふてふが一匹韃靼海峡《だったんかいきょう》を渡つて行つた。

＊てふてふ＝ちょうちょう

# ふるさと

室《むろ》生《お》犀《さい》星《せい》

雪あたたかくとけにけり
しとしとしとと融《と》けゆけり
ひとりつつしみふかく
やはらかく
木の芽に息をふきかけり
もえよ
木の芽のうすみどり
もえよ
木の芽のうすみどり

# 水は　うたいます

まど・みちお

水は　うたいます
川を　はしりながら

海になる日の　びょうびょうを
海だった日の　びょうびょうを

雲になる日の　ゆうゆうを
雲だった日の　ゆうゆうを

雨になる日の　ざんざかを

雨だった日の　ざんざかを
虹《にじ》になる日の　やっほーを
虹だった日の　やっほーを

雪や氷になる日の　こんこんこんこんを
雪や氷だった日の　こんこんこんこんを

水は　うたいます
川を　はしりながら

川であるいまの　どんどこを
水である自分の　えいえんを

# ひばりのす

木下夕爾《ゆうじ》

ひばりのす
みつけた
まだたれも知らない

あそこだ
水車小屋のわき
しんりょうしょの赤い屋根のみえる
あのむぎばたけだ

小さいたまごが

五つならんでる
まだたれにもいわない

# 春

八木重吉

黒い犬が
のっそり縁側のとこへ来て私を見ている

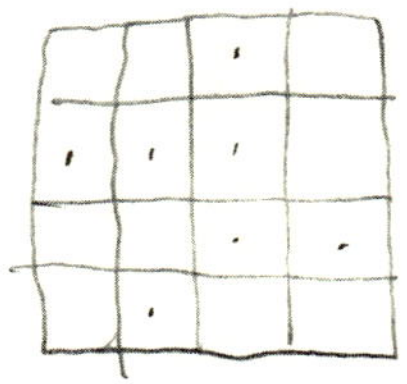

# 豚

八木重吉

この　豚だって
かわいいよ
こんな　春だもの
いいけしきをすって
むちゅうで　あるいてきたんだもの

# うしのこと

東《ひがし》　君《くん》平《ぺい》

ともだちとしてはいちばんいい
すこしくらいゆっくりしていても
ちからは強い　おとなしい
いつ会ってもちっとも変わらない
あのたのもしさ
好きだな

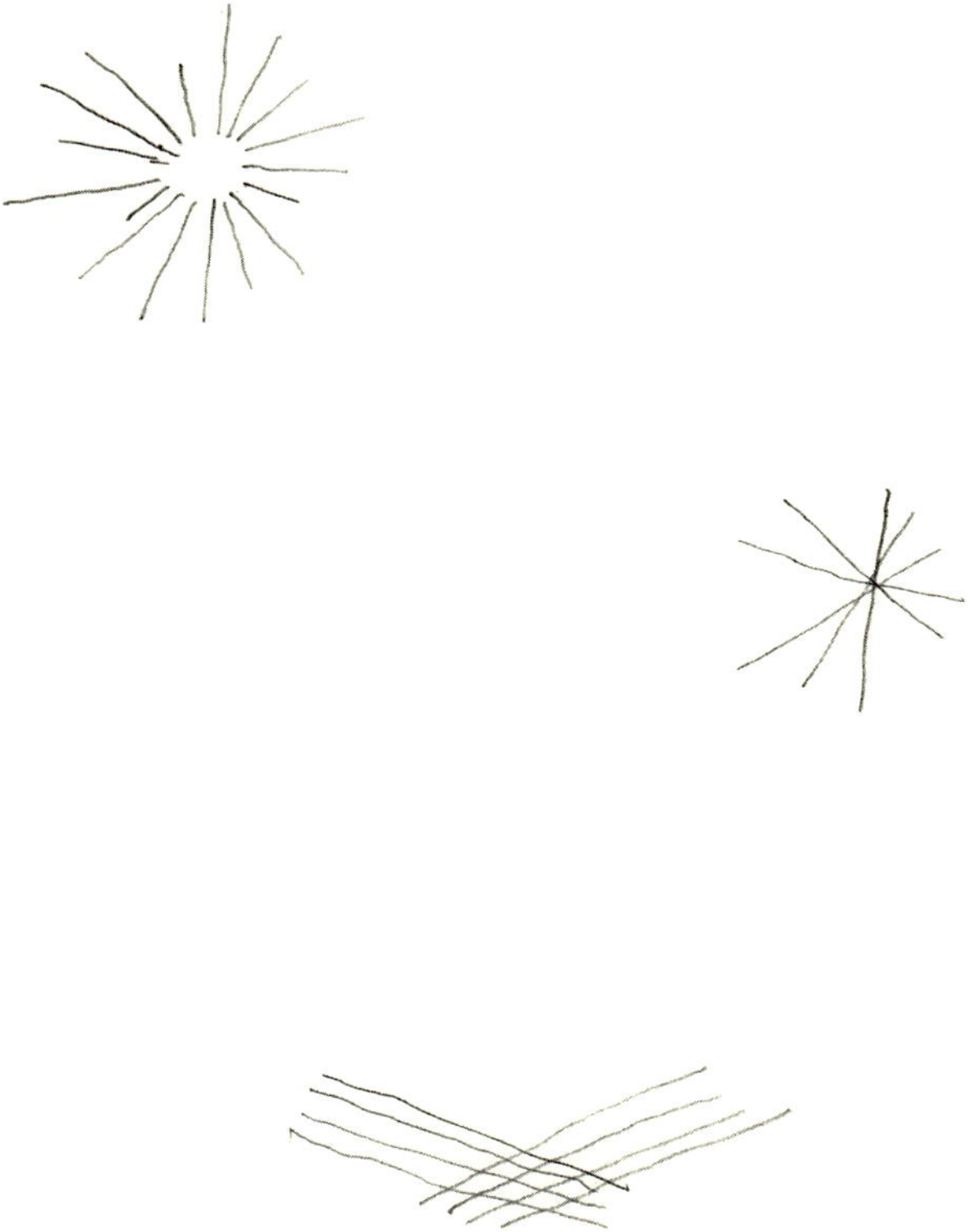

# チョウチョウ

まど・みちお

チョウチョウは
ねむる　とき
はねを　たたんで　ねむります

だれの　じゃまにも　ならない
あんなに　小さな　虫なのに
それが　また
はんぶんに　なって

だれだって　それを見ますと

せかいじゅうに
しーっ!
と　めくばせ　したくなります
どんなに　かすかな　もの音でも
チョウチョウの　ねむりを
やぶりはしないかと…

# 地球へのピクニック

谷川俊太郎

ここで一緒になわとびをしよう　ここで
ここで一緒におにぎりを食べよう
ここでおまえを愛そう
おまえの眼は空の青をうつし
おまえの背中はよもぎの緑に染まるだろう
ここで一緒に星座の名前を覚えよう

ここにいてすべての遠いものを夢見よう
ここで潮干狩をしよう
あけがたの空の海から

小さなひとでをとって来よう
朝御飯にはそれを捨て
夜をひくにまかせよう

ここでただいまを云《い》い続けよう
おまえがお帰りなさいをくり返す間
ここへ何度でも帰って来よう
ここで熱いお茶を飲もう
ここで一緒に坐《すわ》ってしばらくの間
涼しい風に吹かれよう

# はじめまして

阪田寛夫

あかりを消したら
　はじめまして
だれかがいいました
　はじめまして
月ではありません　外はくらい
　はじめまして
ネコでもありません　ごく控え目で
　はじめまして
むかしの記憶のようであり
ひくい読経《どきょう》のようでもあり

こんな部屋まで匂いに充《み》ち
はじめまして
こちらこそ　はじめまして
草の雨でした

# 雨

八木重吉

雨のおとがきこえる
雨がふっていたのだ

あのおとのようにそっと世のためにはたらいていよう
雨があがるようにしずかに死んでゆこう

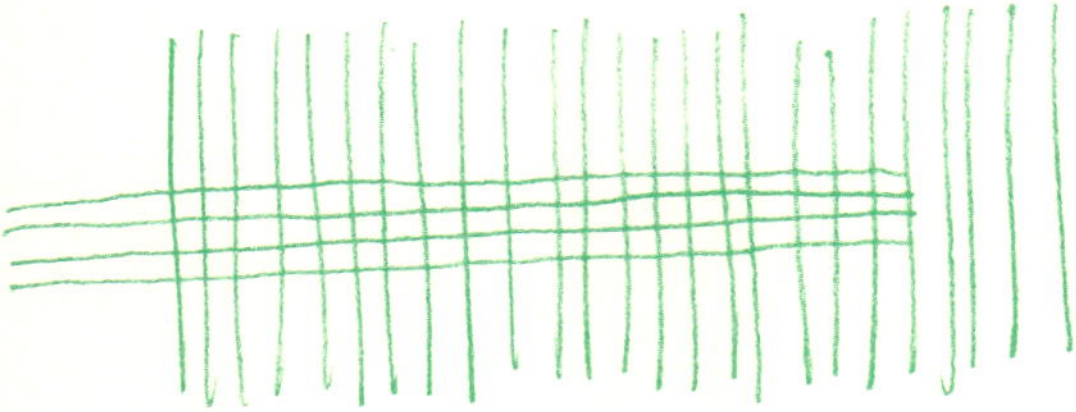

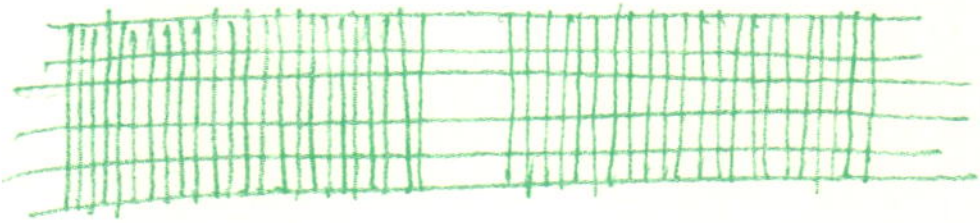

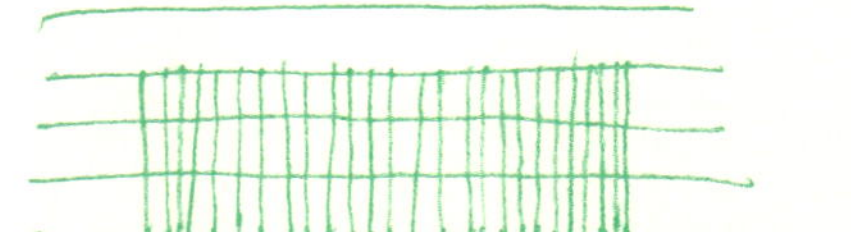

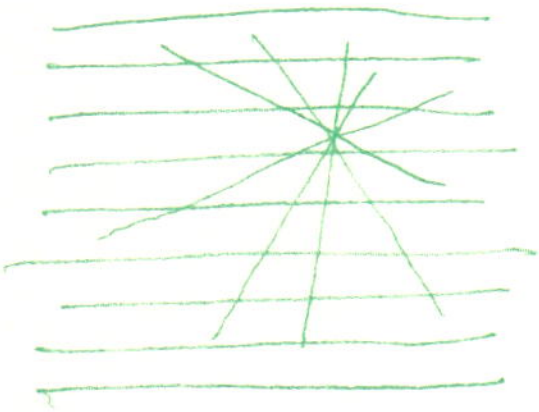

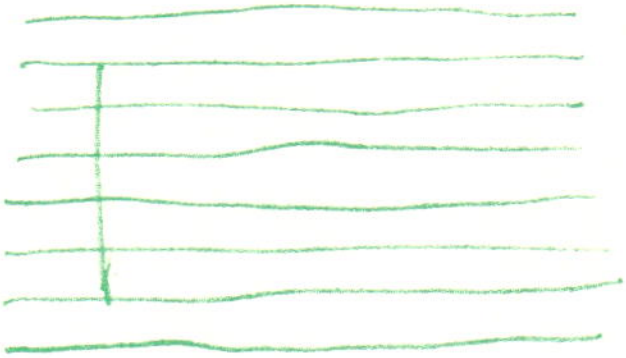

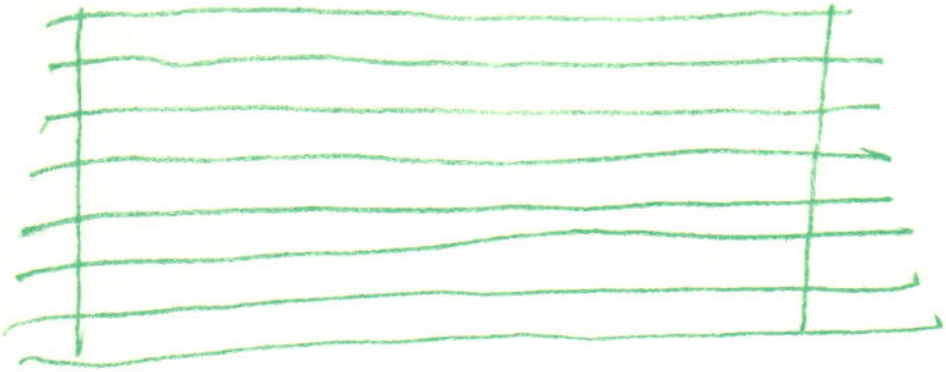

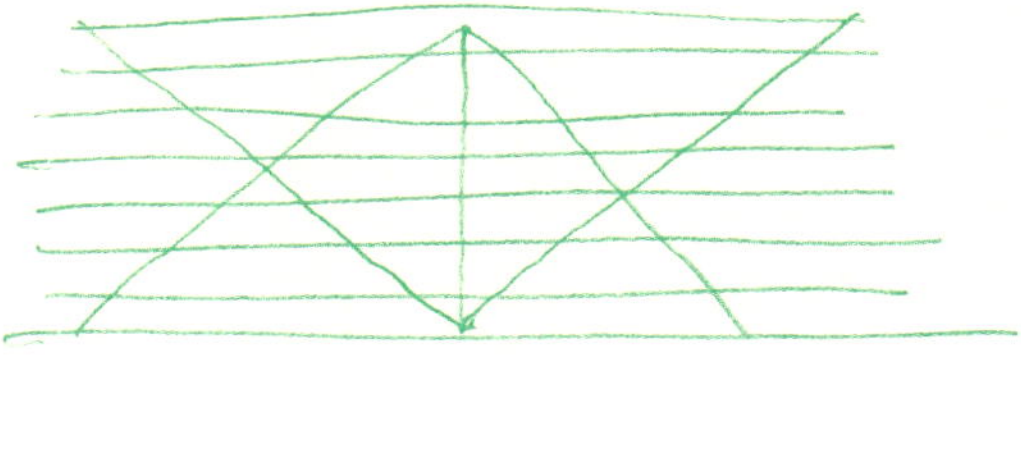

# ネロ
## ――愛された小さな犬に

谷川俊太郎

ネロ
もうじき又夏がやってくる
お前の舌
お前の眼
お前の昼寝姿が
今はっきりと僕の前によみがえる

お前はたった二回程夏を知っただけだった
僕はもう十八回の夏を知っている
そして今僕は自分のや又自分のでないいろいろの夏を

思い出している
メゾンラフィットの夏
淀《よど》の夏
ウイリアムスバーグ橋の夏
オランの夏
そして僕は考える
人間はいったいもう何回位の夏を知っているのだろうと

ネロ
もうじき又夏がやってくる
しかしそれはお前のいた夏ではない
又別の夏
全く別の夏なのだ

新しい夏がやってくる

そして新しいいろいろのことを僕は知ってゆく
美しいこと　みにくいこと　僕を元気づけてくれるようなこと
　僕をかなしくするようなこと
そして僕は質問する
いったい何だろう
いったい何故だろう
いったいどうするべきなのだろうと

ネロ
お前は死んだ
誰にも知れないようにひとりで遠くへ行って
お前の声
お前の感触
お前の気持までもが
今はっきりと僕の前によみがえる

しかしネロ
もうじき又夏がやってくる
新しい無限に広い夏がやってくる
そして
僕はやっぱり歩いてゆくだろう
新しい夏をむかえ　秋をむかえ　冬をむかえ
春をむかえ　更に新しい夏を期待して
すべての新しいことを知るために
そして
すべての僕の質問に自ら答えるために

# 風景

工藤直子

てっぺんに　空
むこうに　明日《あした》
麦ばたけを乗せて
地球は　ブランコ

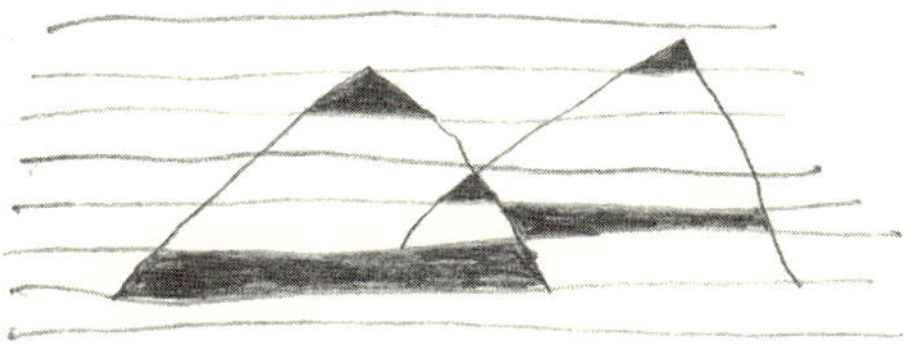

# 草をむしる

八木重吉

草をむしれば
あたりが　かるくなってくる
わたしが
草をむしっているだけになってくる

# アリ

まど・みちお

アリは
あんまり　小さいので
からだは　ないように見える

いのちだけが　はだかで
きらきらと
はたらいているように見える

ほんの　そっとでも
さわったら

火花が　とびちりそうに…

# 夕だち

村野四郎

ヨシキリが
大さわぎして　にげまわる
むこうから　かけてくる村の人
こちらから　かけていく町の人
みんな　ひさしへ　とびこんだ
夕だちだ　夕だちだ
空のおさらを　ひっくりかえしたようだ

雨はどうどう
ぼくの頭から　せなかのほうへ

滝のように流れおちた
けれども　ぼくはおどろかない　へいきだ

ぼくは水泳の帰りみち
帽子もかぶらず　まるはだかだ
あわてる人々をながめながら
ゆうゆうと　道を歩いてきた
そして　ときどき　天のほうをむいて
夕だちを飲んでやった

# 報告

宮澤賢治

さつき火事だとさわぎましたのは虹《にじ》でございました
もう一時間もつづいてりんと張つて居《を》ります

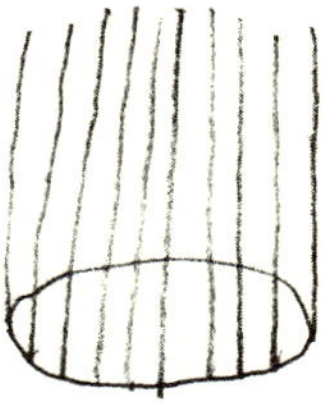

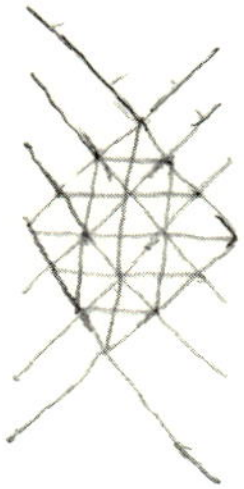

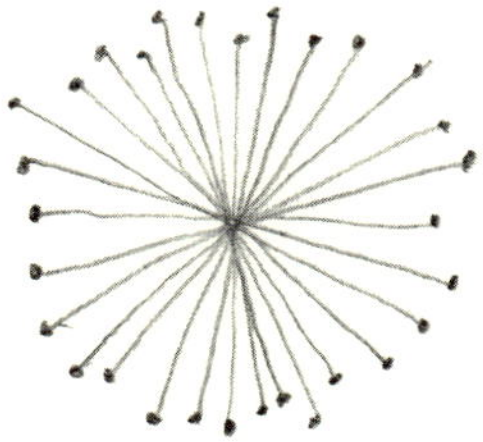

# 幼い日

八木重吉

おさない日は
水が　もの言う日
木が　そだてば
そだつひびきが　きこゆる日

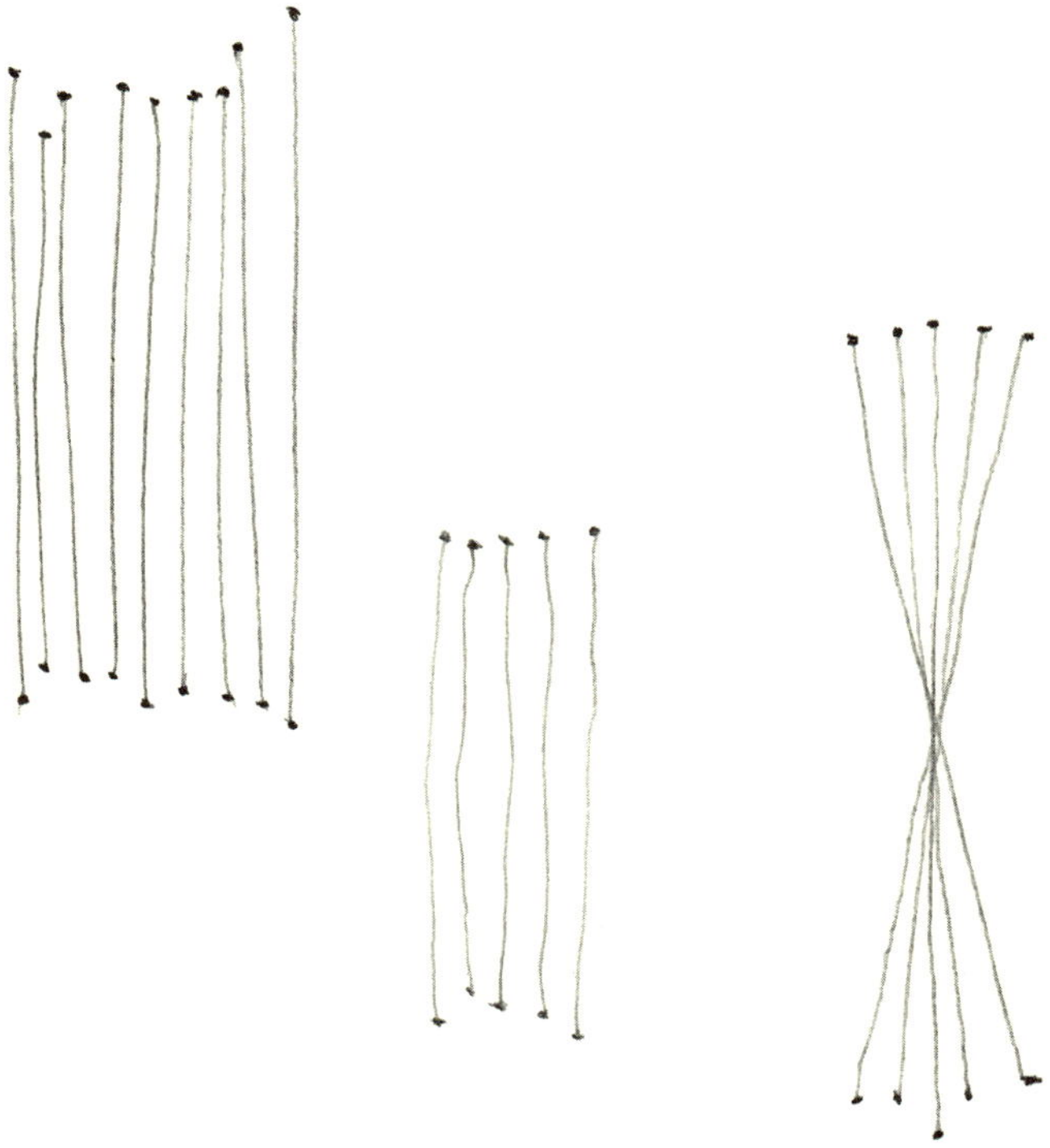

# 路地の子

大木 実

うつくしい花ばなは絵本にあった
海やまは遠い知らないところにあった
荷車をよけ物売りをよけ
石けり
縄飛び
鬼ごっこ
路地はまちの子たちの遊び場だった
白い蠟石《ろうせき》の跡がうすれていくころは
ひとり帰り
ふたり呼ばれ

路地の家家には燈《ひ》がともり
家家からは温《あたたか》な煮物の匂いがながれてきた

わたしたちは
花の名ひとつ鳥の名ひとつ知らず
呼ばれては欠けてゆく
仲間をかぞえて日暮れまで
路地で遊び庇《ひさし》のしたで育って来た

# 旅　1

谷川俊太郎

美しい絵葉書に
書くことがない
私はいま　ここにいる

冷たいコーヒーがおいしい
苺《いちご》のはいった菓子がおいしい
町を流れる河の名は何だったろう
あんなにゆるやかに

ここにいま　私はいる

ほんとうにここにいるから
ここにいるような気がしないだけ

記憶の中でなら
話すこともできるのに
いまはただここに
私はいる

# 果物

八木重吉

秋になると
果物はなにもかも忘れてしまって
うっとりと実のってゆくらしい

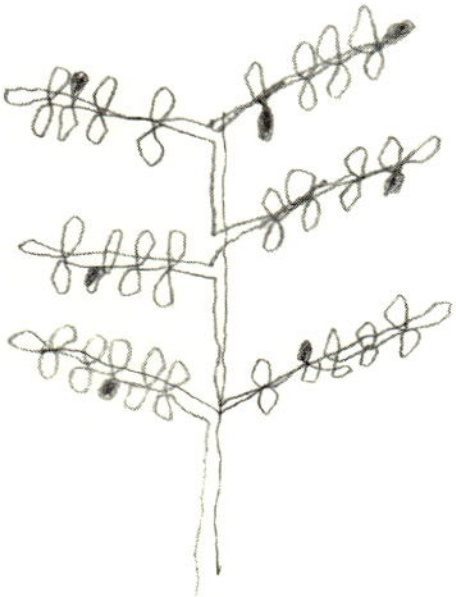

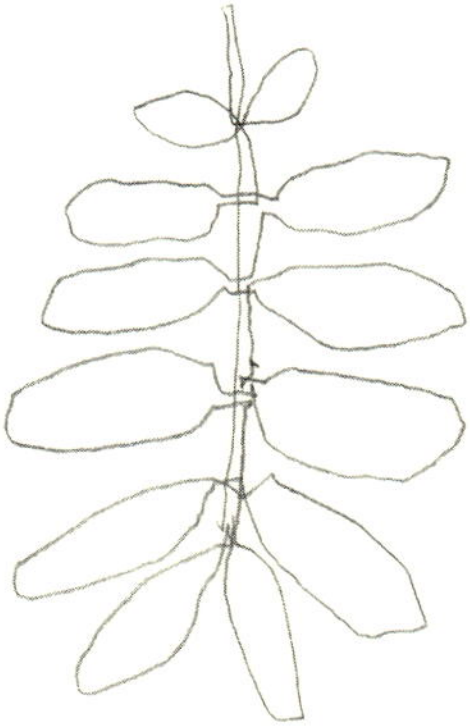

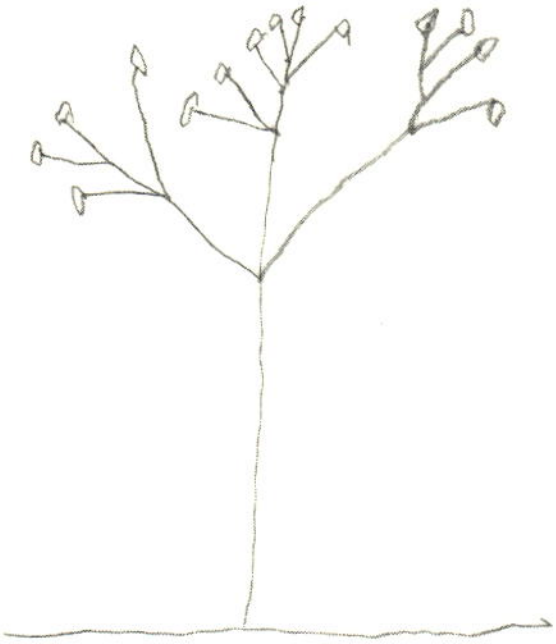

# 青い青い秋ですよ

阪田寛夫

ぶどうの実のなる　ぶどうの木
りんごの実のなる　りんごの木
ざんざら風も　ふいとくれ
青い青い秋ですよ
秋ですよ

くるみの実のなる　くるみの木
かりんの実のなる　かりんの木
ざんざか雨も　ふっとくれ
青い青い秋ですよ

秋ですよ

# 初恋

島崎藤村

まだあげ初《そ》めし前髪の
林檎《りんご》のもとに見えしとき
前にさしたる花櫛《はなぐし》の
花ある君と思ひけり

やさしく白き手をのべて
林檎をわれにあたへしは
薄紅《うすくれない》の秋の実に
人こひ初めしはじめなり

わがこころなきためいきの
その髪の毛にかかるとき
たのしき恋の盃《さかずき》を
君が情《なさけ》に酌《く》みしかな

林檎畠《りんごばたけ》の樹《こ》の下に
おのづからなる細道は
誰《た》が踏み初めしかたみぞと
問ひたまふこそこひしけれ

# 石仏　――晩秋

吉野　弘

うしろで
優雅な、低い話し声がする。
ふりかえると
人はいなくて
温顔《おんがん》の石仏が三体
ふっと
口をつぐんでしまわれた。
秋が余りに静かなので
石仏であることを
お忘れになって

お話などなさったらしい。
其処《そこ》だけ不思議なほど明るく
枯草が、こまかく揺れている。

# 静かな　焰《ほのお》

八木重吉

各《ひと》つの　木に
各つの　影
木　は
しずかな　ほのお

# 木

まど・みちお

木が　そこに立っているのは
それは木が
空にかきつづけている
きょうの日記です

あの太陽にむかって
なん十年
なん百年
一日《いちじつ》一　ときの休みなく
生きつづけている生命《いのち》のきょうの…

雨や

小鳥や
風たちがきて
一心に読むのを　きくたびに
人は　気がつきます

この一つしかない　母の星
みどりの地球が
どんなに心のかぎり
そこで　ほめたたえられているかに

人の心にも
しみじみ　しみとおってくる
地球ことばなのに
宇宙ことばかもしれない
はるかな　しらべで…

# 月

山村暮鳥

ほっかりと
月がでた
丘の上をのっそりのっそり
だれだろう、あるいているぞ

# とおい　ところ

まど・みちお

ゆうがたの
ひさしの　そらを　みあげると
くものすに
カと　ならんで
ほしが　かかっている

ああ
ほしが
カと　まぎれるほどの
こんなに　とおい　ところで

わたしたちは　いきている

カや
クモや
その　ほかの
かぞえきれないほどの
いきものたちと　いっしょに

# 昨日《きのう》はどこにもありません

三好達治

昨日はどこにもありません
あちらの箪笥《たんす》の抽出《ひきだ》しにも
こちらの机の抽出しにも
昨日はどこにもありません

それは昨日の写真でしょうか
そこにあなたの立っている
そこにあなたの笑っている
それは昨日の写真でしょうか

いいえ昨日はありません
今日を打つのは今日の時計
昨日の時計はありません
今日を打つのは今日の時計

昨日はどこにもありません
昨日の部屋はありません
それは今日の窓掛けです
それは今日のスリッパです

今日悲しいのは今日のこと
昨日のことではありません
昨日はどこにもありません
今日悲しいのは今日のこと

いいえ悲しくありません
何で悲しいものでしょう
昨日はどこにもありません
何が悲しいものですか

昨日はどこにもありません
そこにあなたの立っていた
そこにあなたの笑っていた
昨日はどこにもありません

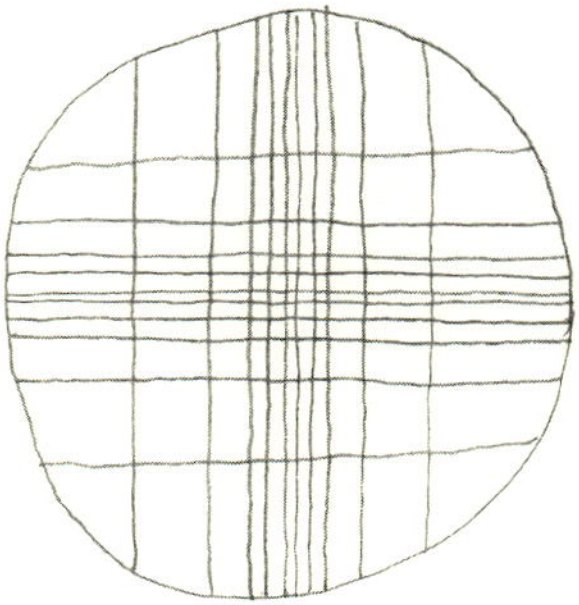

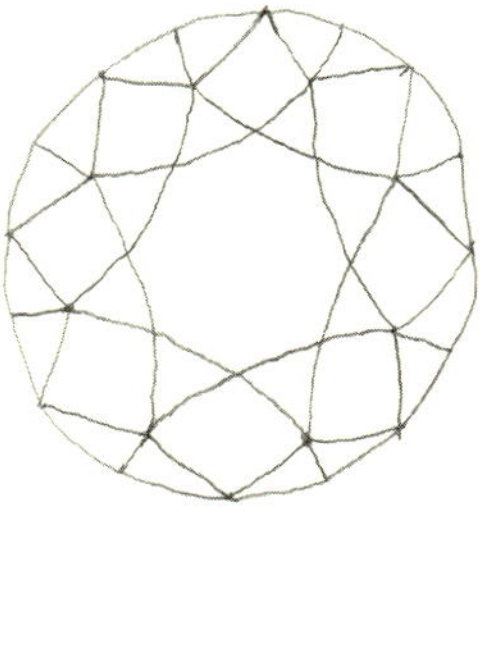

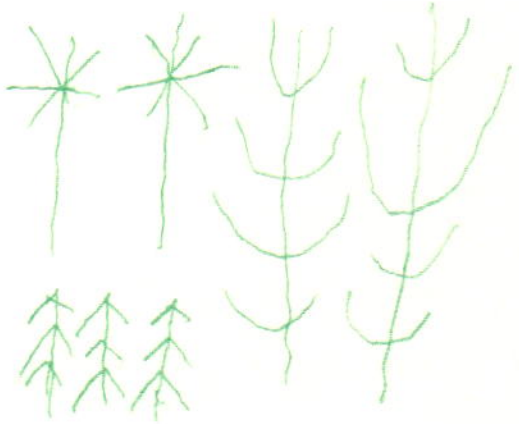

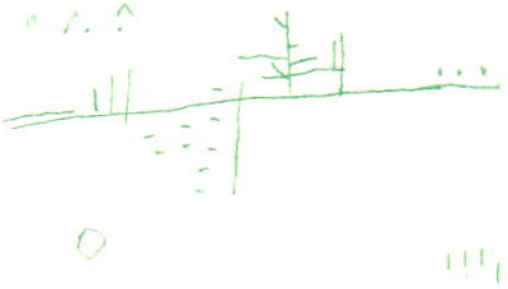

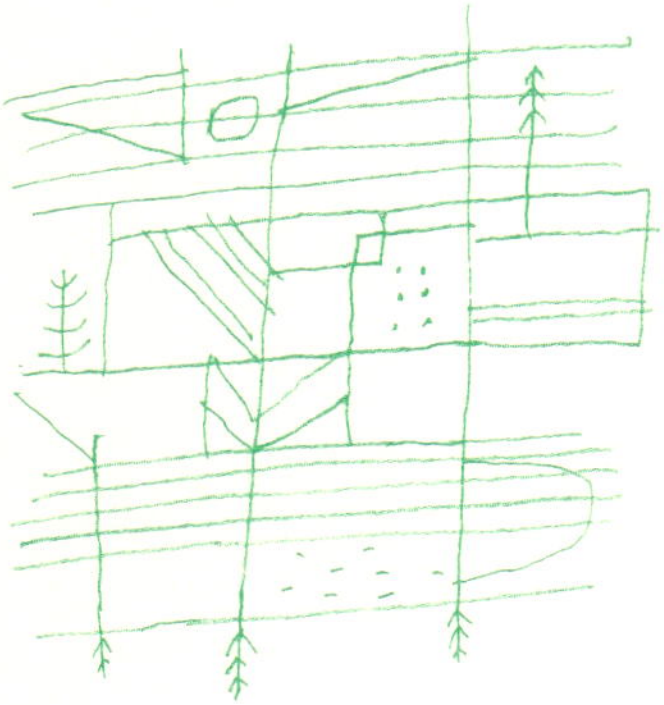

# スキンシップ

吉野 弘

ふるさとの頬《ほほ》をこする
竹箒《たけぼうき》のような吹雪《ふぶき》

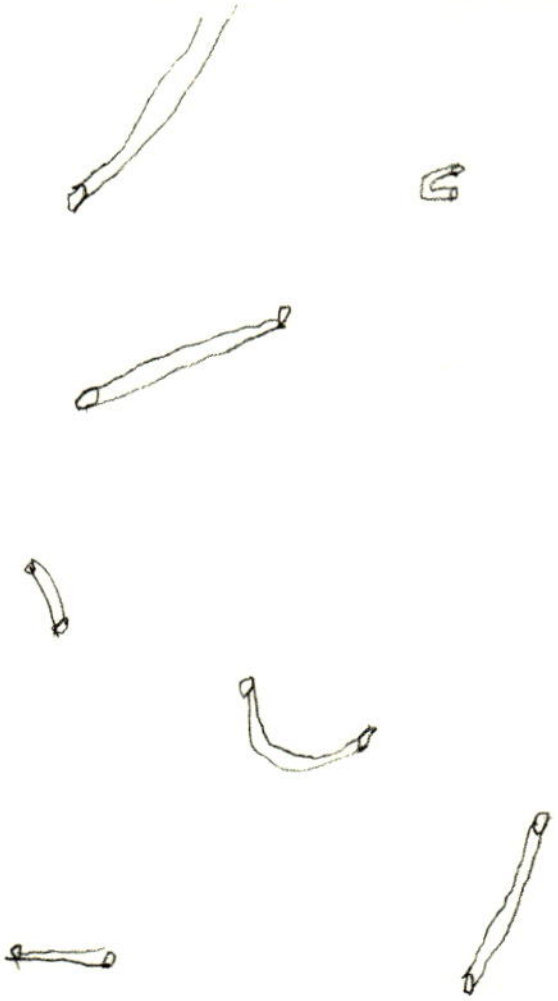

# 水の匂い

阪田寛夫

水が匂う
あたたかくあまく
ふしぎにいつも匂いだす
夕やけの頃《ころ》には

川がとまる
金色のかげと
一緒にどこかへ帰りたい
夕やけの頃には

水がくろずむ

音もなく満ちて
小さな波がしわ寄せてくる
橋げたの下には

こうもりが飛ぶ
そのかげも黒い
みんながすこし
やさしくなる
みんなにすこし
やさしくしたくなる

水が匂う
べに色の雲の
呼んでる声がひびいてる
夕やけの頃には

# カ

まど・みちお

ある　ひとが
ふと　あるひ
手にした　ほんの
とある　ページを　ひらくと
ある　ぎょうの
とある　かつじを　ひとつ
うえきばちに　して
カよ
おまえは　そこで
花に　なって

さいている

そんなに　かすかな　ところで
しんだ　じぶんを
じぶんで　とむらって…

# 夢みたものは・・・・

立原道造

夢みたものは　ひとつの幸福
ねがったものは　ひとつの愛
山なみのあちらにも　しずかな村がある
明るい日曜日の　青い空がある

日傘をさした　田舎の娘らが
着かざって　唄《うた》をうたっている
大きなまるい輪をかいて
田舎の娘らが　踊《おどり》をおどっている

告げて　うたっているのは
青い翼の一羽の　小鳥
低い枝で　うたっている

夢みたものは　ひとつの愛
ねがったものは　ひとつの幸福
それらはすべてここに　ある　と

# みち　2

谷川俊太郎

くさがしげると
みちはかくれてしまいます
けれどそのみちのむこうに
いずみがあるのを
けものたちはしっています

ゆうぐれのやまおくに
みずがにおって

いちばんぼしがでました

こじかが
こおったようにたたずみます
ほしも
いいにおいがするのでしょうか

# 夕焼け

工藤直子

あしたは　かならず
晴れるに　ちがいないなあ
あしたも　わたしは
たしかに　生きるだろうなあ
あしたこそ
なにかを　みるかなあ
きっと　そうであり

そうに　ちがいなく
そうと　思いたい
……………
そんなふうに眺《なが》められる
夕焼けが　あった

# あした

石津ちひろ

あしたのあたしは
あたらしいあたし
あたしらしいあたし

あたしのあしたは
あたらしいあした
あたしらしいあした

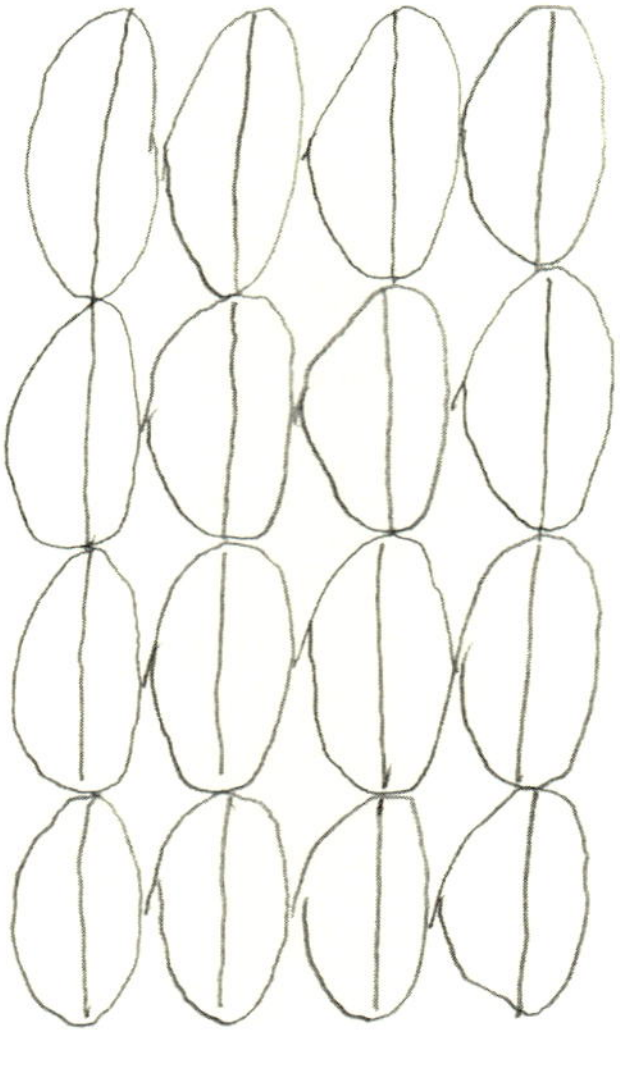
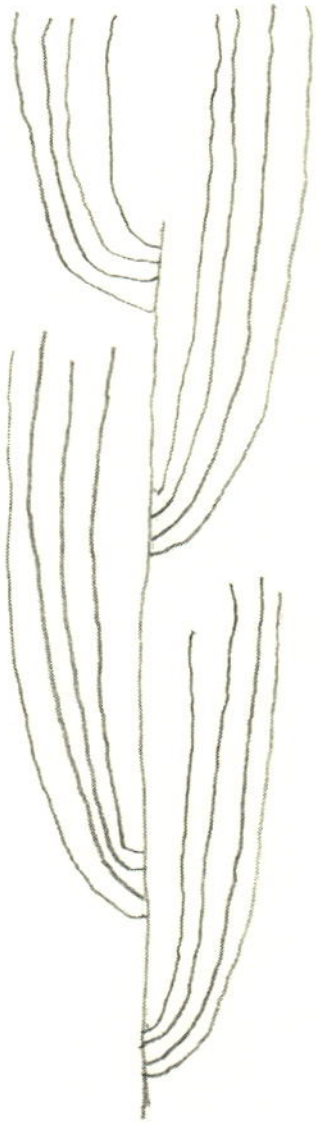

## やさしい　けしき　出典一覧（旧かなづかいは、一部新かなづかいに直しました）

やさしい　けしき（まど・みちお）『まど・みちお全詩集　新訂版』理論社
春（安西冬衛）『安西冬衛詩集』思潮社
ふるさと（室生犀星）『室生犀星全集』第一巻　新潮社
水は　うたいます（まど・みちお）『宇宙のうた』かど創房
ひばりのす（木下夕爾）『おーいぽぽんた』福音館書店
春（八木重吉）『定本八木重吉詩集』彌生書房
豚（八木重吉）『定本八木重吉詩集』彌生書房
うしのこと（東君平）『魔法使いのおともだち』サンリオ
チョウチョウ（まど・みちお）『まど・みちお全詩集　新訂版』理論社
地球へのピクニック（谷川俊太郎）『谷川俊太郎詩集』思潮社
はじめまして（阪田寛夫）『含羞詩集』河出書房新社
雨（八木重吉）『定本八木重吉詩集』彌生書房
ネロ　——愛された小さな犬に（谷川俊太郎）『谷川俊太郎詩集』思潮社
風景（工藤直子）『てつがくのライオン』理論社
草をむしる（八木重吉）『定本八木重吉詩集』彌生書房
アリ（まど・みちお）『動物のうた』かど創房
夕だち（村野四郎）『新日本少年少女文学全集40』ポプラ社
報告（宮澤賢治）『校本宮澤賢治全集』第二巻　筑摩書房
幼い日（八木重吉）『定本八木重吉詩集』彌生書房
路地の子（大木実）『大木実詩集』思潮社
旅　1（谷川俊太郎）『旅』思潮社
果物（八木重吉）『定本八木重吉詩集』彌生書房
青い青い秋ですよ（阪田寛夫）『阪田寛夫全詩集』理論社
初恋（島崎藤村）『藤村全集』第一巻　筑摩書房
石仏　——晩秋（吉野弘）『吉野弘全詩集』青土社
静かな　焔（八木重吉）『定本八木重吉詩集』彌生書房
木（まど・みちお）『まど・みちお全詩集　新訂版』理論社
月（山村暮鳥）『山村暮鳥全詩集』彌生書房
とおい　ところ（まど・みちお）『まど・みちお全詩集　新訂版』理論社
昨日はどこにもありません（三好達治）『三好達治詩集』彌生書房
スキンシップ（吉野弘）『吉野弘全詩集』青土社
水の匂い（阪田寛夫）『夕方のにおい』銀の鈴社
カ（まど・みちお）『まど・みちお全詩集　新訂版』理論社
夢みたものは……（立原道造）『立原道造詩集』岩波書店
みち　2（谷川俊太郎）『どきん』理論社
夕焼け（工藤直子）『てつがくのライオン』理論社
あした（石津ちひろ）『あしたのあたしはあたらしいあたし』理論社

市河紀子（いちかわ・のりこ）
東京都生まれ。フリーランス編集者として主に児童書や詩集の編集に関わる。一九九九年より六年半、朝日新聞夕刊にて詩を紹介する月刊コラムを担当。詩集に『続まど・みちお全詩集』『工藤直子全詩集』（伊藤英治共編・理論社）、選詩集に『みみずのたいそう』『ぱぴぷぺぽっつん』（のら書店）などがある。

保手濱拓（ほてはま・たく）
一九八〇年兵庫県生まれ。美術家。自然や日常の中にあるささやかな発見を題材に絵画・木版画・写真などで作品づくりを行っている。二〇〇九年神戸ビエンナーレアーティストフォトコンペティション銅賞、二〇一二年やまぐち新進アーティスト大賞を受賞。挿絵に『のぼりくだりの…』（理論社）など。山口市在住。

やさしい　けしき
2012年4月　初版　　2024年2月　第2刷発行

編者　市河紀子　画家　保手濱拓　発行者　鈴木博喜　編集　芳本律子
発行所　株式会社理論社　〒101-0062　東京都千代田区神田駿河台2-5
電話　営業03-6264-8890　編集03-6264-8891　URL　https://www.rironsha.com

装幀・本文レイアウト　池田進吾(67)　印刷・製本　加藤文明社　本文組　アジュール


ISBN978-4-652-07991-1 NDC911 B6変型判　18cm　95P